이기호 제5시집

은행나무 낙엽길

한누리미디어

국립중앙도서관 출판시도서목록(CIP)

은행나무 낙엽길 : 이기호 제5시집 / 이기호. -- 서울 : 한누리미디어, 2009
    p. ;   cm

ISBN 978-89-7969-356-0 03810 : ₩7000

한국 현대시[韓國 現代詩]

811.6-KDC4
895.715-DDC21   CIP2009003839

갈바람에 은행나무 낙엽
넘너른해 널려 있는 길

'은행나무 낙엽 길' 이번 다섯 번째 시집의 제목입니다.

이 시집을 낸다는 것은 보람도 있는 일이면서 시집을 상재할 때마다 설레임도 있어서 그날 밤 잠을 이루지 못하고 말았습니다.

제5시집 《은행나무 낙엽 길》을 세상에 내어놓는다고 생각하니 참으로 기쁘기 그지없습니다.

그러나 이 시집이 내 손을 떠나 독자들께서 잘 읽을 수 있어야 하는데 어떻게 하면 좋을까? 고심 끝에 쉽게 읽을 수 있도록 시어나 고사성어, 어려운 낱말과 관련성이 있는 내용은 주서를 달아서 독자가 일일이 국어사전을 뒤지지 않고도 그 시어의 뜻을 알기 쉽게 해설을 했습니다.

내가 걸어온 길은 행복의 길, 스승의 길, 테니스의 길, 우표수집의 길, 화폐수집의 길, 삶의 언덕 길, 욕망의 길, 내 인생도 나그네 길, 한국문화관광 해설사의 길, 은행나무 낙엽길, 문학의 길이 있습니다.

다섯 번째 시집은 다섯 개 주제로 나누어 보았습니다.

제1부에는 〈소걸음〉, 〈또드락 소리〉, 〈뿌리〉, 〈부모님 기제사〉 등 '고향의 노래' 를 담았습니다.

제2부에는 〈내 인생도 나그네〉, 〈나 이제야 알았네〉, 〈곡우〉, 〈이삭〉 등 '마음의 노래' 를 담았습니다.

제3부에는 〈이런 길 있었으랴〉, 〈심지〉, 〈은행나무 낙엽길〉, 〈아내의 푸념〉 등 '생활의 노래' 를 담았습니다.

제4부에는 〈태평무〉, 〈미개안소〉, 〈담쟁이 넝쿨〉, 〈강구〉 등 '문화관광 해설사의 노래' 를 담았습니다.

제5부에는 〈팔각정 해돋이〉, 〈칠연계곡〉, 〈하늘 공원 풍경〉, 〈봄의 신비〉 등 '자연의 노래' 를 담았습니다.

한국 문단을 이끄시느라 매우 바쁘신 중에서도 작품 해설을 맡아 주신 국제펜클럽 한국본부 고문이시며 한국외국어대학교 [한국시] 담당교수이신 일본센슈대학 대학원 문학박사(시문학) 홍윤기 교수님께 심심한 감사의 말씀을 올립니다. 아울러 이번 다섯 번째 시집 발간에 특별히 애써주신 한누리미디어 김재엽 사장님께도 감사드립니다.

끝으로 독자 제현님들께 삼락이 항상 있으시기를 기원드립니다.

2009년 11월 30일

서당 이기호 배상

은행나무 낙엽길 _ 이기호 제5시집

책을 펴내면서 · 9

제1부 소걸음

18 · 소걸음
19 · 또드락 소리
20 · 뿌리
21 · 부모님 기제사
22 · 입춘의 아침
23 · 돌잔치
24 · 결실기
25 · 여자수자
26 · 밥돌이
28 · 삼심
30 · 따따부따
31 · 환상
32 · 아버지 마음
34 · 형상
36 · 보고 싶은 얼굴
38 · 아기 업기
40 · 찰나의 계절
42 · 귀뚜라미

차례

제2부 내 인생도 나그네

44 · 내 인생도 나그네
46 · 나 이제야 알았네
48 · 곡우(穀雨)
49 · 이삭
50 · 구애
51 · 갈등
53 · 심울
54 · 훗날의 행복
55 · 네가 있어서
56 · 부부 나들이
58 · 하늘옷
59 · 백목련 꽃
60 · 저울질
61 · 어찌 잊을 리야
62 · 잘해야지
63 · 알짬
64 · 구곡간장
65 · 마음먹음

은행나무 낙엽길 _ 이기호 제5시집

제3부 이런 길 있었으랴

68 · 이런 길 있었으랴
69 · 심지
71 · 은행나무 낙엽길
73 · 아내의 푸념
75 · 담배
77 · 구관이 명관
78 · 잔치잔치 벌렸네
79 · 화두
80 · 조반 상
81 · 화(火)
82 · 핸드폰 전화
84 · 뿔논병아리 사랑
86 · 웃음꽃에 정겹다
87 · 수면의 사계절
89 · 기원
90 · 이고 메고
91 · 일거월저
92 · 유익광고

차례

제4부 태평무

94 · 태평무
96 · 미개안소
98 · 담쟁이넝쿨
99 · 강구
100 · 씨티투어의 날
102 · 말 한 마디
103 · 꿈의 정거장
104 · 넝쿨장미 꽃
105 · 노부부
106 · 등산
108 · 노점상 노부부
110 · 할미꽃은 웃고
111 · 콩나물 시루
112 · 사진전
113 · 성도
114 · 나한전

제5부 팔각정 해돋이

116 · 팔각정 해돋이

117 · 칠연계곡

118 · 하늘공원 풍경

120 · 봄의 신비

121 · 벚꽃 길

123 · 정아

124 · 산나물

125 · 아내의 수다

126 · 청룡호수

128 · 금광호수

130 · 담빡

132 · 평온

133 · 주차장 풍경

134 · 비석

135 · 추락

작품해설

교훈적 아포리즘과 순수 서정 · 홍윤기/ 136

제 **1** 부

소걸음

소걸음

어리석고
고지식하게 보이지만
순박하기만 하다

그저 그저
주인의 명령 따라
늘 순종하며
묵묵히 일을 한다

느릿느릿
걸어갈지라도
머나먼 길 마다 않고
걸어가는 끈기가
믿음직스럽다

이랴, 워워 소리
귀 기울일 뿐
자기 걸음걸이대로
뚜벅뚜벅 걸어간다.

* 어리석고 : 슬기롭지 못하고 둔하다.
* 고지식 : 성질이 외곬으로 곧아 융통성
  이 없다.
* 순박 : 순량하고 꾸밈이 없다.
* 그저 : 그대로 사뭇.
* 끈기 : 참을성 많아 쉽게 단념하지 않고
  꾸준히 견디어 나가는 기질.
* 뚜벅뚜벅 : 자신 있고 듬직하게 걷는 걸
  음의 뚜렷한 발자국 소리.

또드락 소리

신작로 밑에
토둔(土屯)에 있는
우물 긷는 소리

밤나무 밑에서
알밤을 줍고
아싸라비아
기분 좋은 아낙네

빨래터에
느긋하게 앉아
빨랫감
돌 위에 놓고
빡빡 문지른다

산지사방으로
살림때가 묻은
아낙네 옷
빨래 소리
또드락또드락 들린다.

* 토둔 : 그리 높지 않은 자그마한 언덕
* 아싸라비아 : 질탕하게 신나는 일. 재미 있는 일이라는 뜻의 속된 말.
* 산지사방 : 여기저기 안 가는 데 없이 사 방으로 흩어짐.
* 또드락또드락 : 작고 단단한 물건이 율 동적으로 잇따라 부딪쳐 내는 소리.
* 아낙네 : 남의 집 어른인 여자를 흔히 이 르는 말.

뿌리

삶의 풍요가
있든 없든
뿌리를 찾는 것은
내 몫이다

내 존재는
누구인가를
찾고자 하는 것
인지상정이다

가문의 혼을
찾아가며
삶의 보람을
추구한다

참다운 인간으로
살고픈
마음만이 내게 있다.

* 존재(存在) : 현실에 실제로 있음. 또
  는 그런 대상.
* 인지상정(人之常情) : 사람이면 누구
  나 가지는 보통의 마음.
* 혼(魂) : 사람의 몸 안에서 몸과 정신
  을 다스린다는 비물질적인 것.
* 추구(追求) : 목적을 이룰 때까지 뒤
  쫓아 구함.

부모님 기제사

부모님의 기제사
목욕재계하고
지극 정성으로
잘 모셔야 한다

삼복중염에
그냥 앉아있어도
온 몸에
육수가 흐른다

부모님의 은산덕해로
흡람을 하였으며
한평생 잘 살았습니다

부모님 불효자는
흠숭하옵니다
흡족하지는 못하오니
흠절을 용서하시고
흠향하시옵소서.

* 목욕재계 : 목욕하여 몸을 깨끗이 하고 부정을 피하여 마음을 가다듬는 일.
* 지극정성(至極精誠) : 정성이 지극함.
* 삼복중염 : 삼복절기의 찌는 듯한 심한 더위.
* 육수 : 땀을 육수로 표현한 말.
* 은산덕해 : 산같이 큰 은혜와 바다같이 너른 덕.
* 흡람 : 널리 견문하여 경험함.
* 흠숭 : 흠모하고 공경함.
* 흡족 : 모자람이 없이 아주 넉넉함.
* 흠절 : 잘못된 점, 모자라는 점.
* 흠향 : 신명이 제물을 받음.

입춘의 아침

입춘의 아침
안개밭을
오고 가는 아낙네
부산하기만 하다

풍진은 사라지고
부모님의 만수무강
자녀의 만사형통을
기원하시고 가신다

장이 서는 날
즈런즈런 걸어가는
아잇적 보았던
어머니의 풍경이다

머리에 이고
손에 들고 가시는
풍경을 보노라니
풍정이 있어서
어머니 그리워진다.

* 안개밭 : 안개가 넓게 깔린 모습.
* 풍진 : 바람에 날리는 티끌. 세상의 속된 일.
* 만수무강 : 장수를 빌 때 쓰는 말로 수명이 끝
  이 없음.
* 만사형통(萬事亨通) : 모든 것이 뜻대로 잘됨.
* 즈런즈런 : 천천히
* 아잇적 : 나이가 어린 사람.
* 풍정 : 정감이 서려 있는 풍경.

돌잔치

다혜 돌잔치는
칼바람 부는
토요일 묘시에
전 가족이 모처럼
한 자리에 모였다

장래를 점쳐 보는
다혜의 돌잡이
쌀을 잡았고
판사봉을 잡는다

다혜의 무병장수하고
영화로운 삶
축원하는 자리이다

외할아버지는
삶의 초지일관
있기를 기원한다.

* 일자 : 2009. 1. 10(토) 오후 묘시 올아웃백 올
  림픽 공원점.
* 칼바람 : 몹시 차고 매서운 바람. '아주 혹독
  한 박해' 를 비유하여 이르는 말.
* 묘시 : 상오 5시~7시.
* 돌잡이 : 첫돌에 돌상을 차리고 아이로 하여
  금 마음대로 골라잡게 하는 일.
* 판사봉 : 판결 선언할 때 탁자를 두드리는 기
  구, 망치와 비슷한 모양으로 되어 있음.
* 무병장수 : 병 없이 오래 삶.
* 영화 : 권력과 부귀를 마음껏 누리는 일.
* 축원(祝願) : 희망하는 대로 이루어지기를
  마음 속으로 원함.
* 초지일관(初志一貫) : 처음 계획한 뜻을 이
  루려고 끝까지 밀고 나감.
* 기원 : 소원이 이루어지기를 비는 마음.

결실기

연일 30도 오르내리는
초가을 더위가
기승을 부리니
민초들은 힘들다

때늦은 낮 더위는
한반도 머물고 있는
고기압 영향으로
밀운불우에 힘들다

강한 햇빛은
보금자리 내리쬐고
보듬어주나 힘들다

모기는 극성부린다
보름달 여물어
자살마사하게 진다.

* 결실기 : 열매를 맺는 시기.
* 민초 : '백성'을 달리 일컫는 말.
* 밀운불우 : 구름만 자욱이 끼고 비는 오지
  않음.
* 보금자리 : 지내기에 매우 포근하고 아늑
  한 곳을 비유.
* 보듬어 : 가슴에 대어 품듯이 안다.
* 여물어 : 낟알이나 과일 따위가 알이 들어
  충분히 익다. 영글다.
* 자살마사 : 황혼이 사라져가는 모습을 자
  살과 마사를 결합하여 신성 이미지를 형
  상한 말.

여자수자

내 어린 시절
동생 돌봐주는
누나의 추억
잊을 수 없다

동네 누나는
토끼풀 꽃 엮어
금관을 씌워준다

구복지루 들을라
토끼풀 꽃 엮어
팔가락지 채워준다

몽달귀신 면하소서
손말명귀신 면하소서
여자수자에
박장대소 짓는다.

* 여자수자 : 주는 사람과 받는 사람.
* 구복지루 : 제 욕심을 채우는 데만 마음을 쓴
  다는 뜻.(고사성어)
* 몽달귀신 : 처녀가 죽어서 된 귀신.
* 손말명귀신 : 총각이 죽어서 된 귀신.
* 박장대소 : 손뼉을 치며 한바탕 크게 웃음.

밥돌이

나는 밥돌이
자나 깨나
토속 반찬
몇 가지 있으면
야, 좋다
맛있게 먹는다

나는 밥돌이
지금껏 살면서
반찬 투정
한 번 없었다

내가 뭐
돈(錢) 많이 번다고
반찬 투정을 하랴

제세지재자도
이식위천이
중요하다고
말을 하지만

없으면 없는 대로
있으면 있는 대로
그저 그렇게
나는 밥돌이로
한평생
살아가고 싶다.

* 토속 : 그 지방 특유의 습관이나 풍속.
* 그저 : 변함없이 이제까지.
* 그렇게 : '그러하게' 가 줄어든 말.
* 제세지재 : 세상을 구제할 만한 뛰어난 재주.
* 이식위천 : 사람이 살아가는 데 먹는 것이 가장 중요하다는 말.

삼심(三心)

누구나 초심에는
맡은 분야에서
최고가 되겠다고
타울타울
다짐을 하는 거다

일 열심히 한 만큼
성과가 없어도
늘 초심을
잃지 않는 거다

타산지석적인 말도
의견을 수렴하며
최고 경영자로서
중심을 잡고
일을 하는 거다

무슨 일 하든 간에
진심 어린 일하면서
누구의 잘못으로

치부하지 않으며
구실재아 있을 때에
신뢰를 받아
동행자 있는 거다.

* 타울타울 : 목적한 바를 이루려고 바득바득 애를 쓰는 모양.
* 타산지석 : 다른 사람의 하찮은 언행도 자기의 지덕을 닦는 데 도움이
  된다는 말.
* 삼심(三心) : 초심, 중심, 진심을 말함.
* 동행자 : 길을 같이 가는 사람. 불도의 수행을 같이 하는 사람.
* 구실재아 : 남의 허물이 아니라 자기의 잘못이라고 스스로 인정하는
  말.
* 치부 : 남에게 알리고 싶지 않은 부끄러운 부분.

따따부따

울 언니 마음
어근버근하다
싫어지면
따따부따
나팔
불고 있어라

울 형부는
무던하게
말 한 마디
없으시어라

손뼉도
마주쳐야
소리 나는데
울 언니는
혼자서
따따부따.

* 따따부따 : 딱딱한 말로 이러쿵 저러쿵 따지는 모양.
* 어근버근 : 서로 뜻이 맞지 않아 지그럭거리는 모양.
* 울 : '우리' 의 준말.
* 무던 : 성질이 너그럽고 수더분하다.

환상

새록새록 생각난다
가슴에 쌓인 사연
떠오르고 있어라

끝없이 흘러가는
냇물처럼
흐르고 있어라

그 자리에
환한 웃음짓는
삼삼한 여인
내 앞에 앉아 있어라

내 삶의 시간 속에
삼삼거리고 있어라.

* 환상(幻想) : 현실적인 기초나 가능성이 없는 헛된 생각이나 공상. 어떤
  사람이나 사실에 대하여 근거 없이 덮어 놓고 좋게만 보는 태도.
* 새록새록 : 새로운 물건이나 일이 자꾸 생기는 모양.
* 삼삼한 : 또렷이 어려 비치는.
* 삼삼거리고 : 눈앞에 또렷하게 어른거리고.

아버지 마음

다들 어렵다 하나
서울에서
각자 나름대로
알탕갈탕 살아간다

누구한테도
나무람 받는 일 없이
나름대로 자립심 갖고
애자지정하며
아이 잘 가르쳐 좋다

아들은 조카가
감기로 고생한다고
십여만 원을
어머니께 주신다

저도 힘들 텐데
선뜻 주는
그 마음이 나는
사랑스럽기만 하다

너희들
형제간에 우애 있고
야무지게 살길 바라는
아버지 마음이다.

* 알탕갈탕 : 겨우겨우 애를 써서 살아가는 모습.
* 애자지정 : 자식을 사랑하는 정.
* 야무지게 : 사람의 성질이나 행동, 생김새 따위가 빈틈 없이 꽤 단단하
  고 굳세게.

형상

오신 손님 배웅차
대문 밖까지 나가
인사드리니
어머니 계시는 곳을
안내해 달라 하셔서
그 길을 가는데
비가 한 차례 왔는지
땅이 젖어 있었다

어머니는 소복단장한
여인들과 같이
소복 옷 짜는
베틀 앞에서
무엇인가를
열심히 설명하시고
다른 분들은
지켜보시고 계신다

어머니 곁으로
다들 들어가시는데

나 혼자 밖에서
소리친다

자네는 올 수 없으니
어서 어서 가시게나
형상을 꿈에서 본다.

* 형상 : 물건이나 사람의 생긴 모양.
* 소복단장 : 아래 위를 흰옷으로 차려입고 맵시 있게 몸을 꾸밈.

보고 싶은 얼굴

때로는 뭉게구름이
피어 오르는 것처럼
문뜩문뜩 떠오르는
얼굴이 있는 것
좋은 추억인 것이다

때로는 새록새록
보고 싶은
얼굴이 있는 것
참 행복한 것이다

바람처럼 떠돌다
세월이 안고 간
그 사람을
사랑했단 말이다

두메각시 만들까 봐
가 버렸나
짜마리 같아서
가 버렸나

잡을 수 없이
멀리 가 버린 그 사람
만날 수 없는 장벽이
놓여 있었나 보다
때때로 때때로
보고 싶은 얼굴이다.

* 때로는 : 경우에 따라서. 이따금.
* 뭉게구름 : 직선으로 발달한 구름의 한 가지. 독특한 구름 덩이가 둥글
    게 뭉게뭉게 솟아오르는 흰 구름. 맑은 봄날 지평선에 흔히 나타남.
* 새록새록 : 새로운 물건이나 일이 자꾸 생기는 모양.
* 두메각시 : 산골의 농사짓는 여자.
* 짜마리 : 물건 중에서 나쁘거나 못생긴 것.
* 장벽 : '방해가 되는 사물' 을 비유하여 이르는 말.
* 때때로 : 가끔. 시시로. 간간이.

아기 업기

꿈의 정거장 있는 곳에
정자나무 밑에
열녀각과
우리 난실리
시비가 있고
놀이터가 있구나

아담하고
예쁘게 단장한
놀이터엔
망초 풀만이
도배하고 있구나

놀이터엔
놀이기구만이
아심아심
혼자 놀고 있구나

아이 낳아
아장울음 들리고

아기 들래들래 업기를
자주 볼 수 있는
날이 왔으면
참 좋을 것 같구나.

* 꿈의 정거장과 난실리 : 경기도 안성시 양성면 난실리에 있음.
* 아장울음 : 어린아이의 울음.
* 들래들래 : 누구를 업고 다니는 모습의 의태어.
* 아심아심 : 조용하고 편안한 모습.
* 2009. 11. 19(목) 「조선일보」 A2면 우리나라가 2년 연속 세계 '최저 출
  산국'으로 기록됐다. 유엔인구기금과 인구보건복지협회가 발표한
  2009년 세계인구현황보고서 참조.

찰나의 계절

농가엔
모내기 일손이 모자라
일손지원을
요청하기도 한다

품앗이나
삯꾼 사서
모내기 시기 놓칠세라
분주불가하다

근대화의 물결로
도시로 진출하여
농촌에는 젊은 일꾼은
하나 둘 줄어만 가니
찰나의 계절에
대민지원 봉사자
있다면 좋은 것을
걱정이 태산같기만 하다

찰나의 계절을

놓치고 나면은
수확량 떨어지고
천수답은
곡인의 아픔이어라.

* 찰나의 계절 : 봄과 여름 사이의 계절을 말함.
* 분주불가 : 몹시 바빠서 쉴 겨를이 없음.
* 근대화 : 후진적인 상태에서 선진적인 상태로 되거나 되게 함.
* 태산 : '크고 많음' 을 비유하여 이르는 말.
* 천수답 : 벼농사에 필요한 물을 빗물에만 의존하는 논.
* 곡인 : '농민' 을 달리 이르는 말.

귀뚜라미

처서가 오는 밤
귀틀마당
갈바람에 나뭇잎은
깐닥깐닥거린다

숲속이 삶터
타닥타닥 걸어서
가는 것보다
귀뚜르르 뚜르르
타전이 더 편하다

밤의 세상이 제것인양
귀뚜르르 뚜르르
타전의 소리이다

깊어가는 갈
귀살맞게
귀뚜르르 뚜르르
무엇인가 찾고자
목 놓아 울고 있다.

* 처서 : 이십사절기의 하나. 입추와 백로 사이로 8월 23일경. 이 무렵부터 여름 더위가 가시기 시작한다고 함.
* 귀틀마당 : 좁은 마당.
* 갈바람 : 가을바람.
* 깐닥깐닥 : 조금씩 흔들리며 나부끼는 모습.
* 타닥타닥 : 몹시 지치거나 나른하여 힘없이 발을 떼어 놓으며 느리게 계속 걷는 모양.
* 귀살맞게 : 일이 얽히고 흩어져 어지럽다. 뒤숭숭하게 하다.

제 **2** 부

내 인생도 나그네

내 인생도 나그네

인간다운 인간이
되기 위하여
열심히 학습하여
인간으로
다시 태어나는
내 인생도 나그네

직장생활하면서
돈이 된다면
천릿길 만릿길
말처럼 달려가던
내 인생도 나그네

잘한 사람에게는
칭찬을 아끼지 않고
잘못을 했을 때
원인 검토, 분석하여
개처럼 짖어대던
내 인생도 나그네

남의 나이 되니
한단지몽인 것을
말이나 행동이
부자연스러워서
원숭이처럼
살다 가는 여정
내 인생도 나그네.

* 남의 나이 : '환갑이 지난 뒤의 나이' 를 이르는 말.
* 한단지몽 : '인생의 부귀영화가 덧없음' 을 비유하는 말.
* 여정 : 마음 속 깊이 아직 남아 있는 정이나 생각.
* 5~30세 : 인간이 되기 위하여 공부하는 시기.
* 31~40세 : 직업 전선에서 말처럼 달리는 시기.
* 41~60세 : 관리자로서 개처럼 짖는 시기.
* 61세 이상 : 원숭이처럼 살아가는 시기.

나 이제야 알았네

대학로 거리에는
동행서주로
젊음이 넘쳐난다
나도 저런 때가
분명 있었던 것을
난 이제야 알았네

꿈도 욕망도 많았고
때로는 허영도 부리고
다 한단지몽이며
젊은 패기였다는 것을
나 이제야 알았네

젊은 내 청춘
알든 모르든
그렇게 속절없이
가고 말았다는 것을
나 이제야 알았네

남의 나이 들고 보니

초지일관은 없으면서
꿈 많았던 젊음이
내게도 있었다는 것을
나 이제야 알았네.

* 동행서주 : 되는 일도 없으면서 여러 곳으로 바삐 돌아다님을 이르는
  말.
* 욕망 : 부족을 느껴 무엇을 가지거나 누리고자 탐함.
* 허영 : 자기 분수에 넘치고 실속이 없이 겉모습뿐인, 또는 필요 이상의
  겉모습뿐인.
* 패기 : 어떤 어려운 일이라도 해내려는 굳센 기상이나 정신.
* 한단지몽 : '인생의 부귀영화가 덧없음'을 비유하는 말.
* 초지일관 : 처음에 세운 뜻을 이루려고 끝까지 밀고 나감.

곡우(穀雨)

곡우의 때맞추어
진종일 단비가 온다
곡인은 기분 좋아
흥얼흥얼거린다
자외선 낮아 좋고
피부질환 낮아 좋고
단비가 내리니
가뭄 해소하여 좋고
어허허 어허허
이렇게 좋은 날
어디에 있으랴.

* 곡우 : 봄비가 잘 내리고 백곡이 윤택해지는 때로 본격적인 농경이 시
   작된다. 시기는 청명과 입하 사이의 절기. 풍속은 곡우살이, 볍씨 담그
   기, 나무 수맥 받아먹기.
* 곡인 : '농민' 을 달리 이르는 말.
* 흥얼흥얼 : 흥에 겨워 입속으로 노래를 부르는 모양.
* 어허허 : 너털웃음을 웃는 소리.

이삭

나는 이삭을 줍는다
진종일 주워도
양이 차지 않는다

마음 같아서는
한 가마니 쯤
이삭을 주울 수 있다

이삭을 줍는
노하우도 없어서
바구니 하나
줍기도 힘겹다
늦깎이가
이삭을 줍고 있다

밤이 깊어져도
늦깎이는 꿈속에서
이삭을 줍고 있다.

* 이삭 : 벼, 보리 따위 곡식에서 꽃이 피고 꽃대의 끝에 열매가 더부룩하게 많이 열리는 부분. 곡식이나 과일, 나물 따위를 거둘 때 흘렸거나 빠뜨린 낟알이나 과일, 나물을 이르는 말.
* 노하우 : 산업상 이용할 수 있는 중요한 기술 정보, 또는 그 기술 정보를 전수해 준 대가로 주는 돈.
* 늦깎이 : 늦게 된 사람.

구애

장미 꽃잎에 맺힌
이슬방울은
햇빛을 반사시켜
반짝이고 있어라

장미꽃을
구애의 표현으로
연인끼리
주고받고 있어라

사랑하는 분 있거든
어우러진 꽃다발을
선물하여 보아라

작은 것도
하나 둘 쌓이면
산더미처럼
쌓이듯이
구애의 샘 솟아라.

* 장미 꽃잎 : 장미 꽃잎이 물방울을 붙잡는
  점착제 역할을 하는 것이다.
* 장미 꽃말 : 사랑, 애정, 행복한 사랑.
* 구애 : 이성에게 자기의 사랑을 고백하여
  상대편도 자기를 사랑해 주기를 바라는 일.

갈등

가고 싶은 곳도
하고 싶은 것도
갖고 싶은 것도
많았으나
손에 잡은 것
아무것도 없어
마음 허무하다

허송세월이구나
다 부질없는 것을
누구를 탓하랴
과거는 잊고 살자

이대로가 좋은가
마음마저
흔들리는 것을
어이 처방을 하랴

모험을 할 거나
현실에 만족하랴

갈등이 생긴다
하는 일이 없으면
탈도 없다 하나
아직도 배가 고프다.

* 허무 : 아무것도 없이 텅 빔. 마음 속이 비어 아무 생각이 없음.
* 허송세월 : 하는 일 없이 세월을 헛되이 보냄.
* 어이 : '어찌' 를 예스럽게 이르는 말.
* 처방 : 병을 치료하기 위하여 증상에 따라 약을 짓는 방법.
* 모험 : 위험을 무릅쓰고 어떠한 일을 함.
* 갈등 : 서로 다른 두 가지의 욕구가 충돌하는 상태.

심울

베란다 창문 열리니
푸성귀의 향기
연초 냄새 풍긴다

들려오는 소리
바르거나 참되어라
가르쳐 주신
스승의 은혜 들려온다

꽃도 달아주고
제자와 한바탕
어우렁 어우렁 날이다

스승은 있어도
제자는 없나보다
내 마음이 심울하다.

* 심울(心鬱) : 마음이 울적함.
* 푸성귀 : 사람이 가꾼 채소나 저절로 난 나물 따위를 통틀어 이르는 말.
* 연초 : 담배.
* 어우렁 어우렁 : 여러 사람 속에서 함께 어울려 지내는 모양.

훗날의 행복

달남이는
달처녀만을 보듯이
달처녀는
달총각만을 보듯이
보고 있단다

달처녀에게
편지를 써라
보고 싶은
달처녀 있는데
두드려라

두려워 마라
달처녀의
편지 올 때까지
두드려라

오늘의 희망은
먼먼 일의 행복이다.

* 달처녀 : 달을 처녀로 생각하여 표현한 말.
  달색시.
* 달총각 : 달을 총각으로 생각하여 표현한
  말.
* 먼먼 : 머나먼. 아주 먼.

네가 있어서

네가 있어서
봄처럼 따뜻했고
네가 있어서
희로애락 있었고
네가 있어서
안여반석 같은
행복이 있었다.

* 희로애락 : 기쁨과 노여움과 슬픔과 즐거움(사람의 온갖 감정을 이름)
* 안여반석 : 든든하고 믿음직하기가 마치 반석과 같음.

부부 나들이

외포리 선착장에서
오후 배 타기 위하여
도착하여 보니
폭풍주의보 내렸다

우리 부부는
여관에 묵고
아침 배타고 갔다가
오후 배타고
나오기로 했다

난생 처음으로
강화호 배타고 가는
아내는 힘들어서
어떻게 하면 좋을까
눈물을 삼키며
걱정이 태산이니
눈물이 앞을 가린다

걱정 마소 걱정 마소

등고자비가 내게 있는 것
젊어서 고생은
사서 하는 것을
언제 고생을 하랴.

*폭풍주의보 : 기상주의보의 한 가지. 평균 최대 풍속 초당 14~20m의
　바람이 세 시간 이상 불 것이 예상될 때 풍향과 함께 발표하는 예보.
*태산 : 썩 높고 큰 산. 크고 많음을 비유하여 이르는 말.
*등고자비 : 높이 오르려면 낮은 곳에서부터라는 뜻으로 일을 함에는 그
　차례가 꼭 필요하다는 말.

하늘옷

죽어서 하늘나라
가는 길이 있다면
그것은 오로지

신·행·학을 실천하고
착한 일 잘한 사람
봉사 일 잘한 사람
그런 사람일 거다

아! 아마도
그런 사람에게
하늘옷 줄 거다

훨훨 훨훨
날아갈 수 있는
하늘옷을 줄 거다.

* 오로지 : 오직 한 곳으로.
* 니치렌 대성인의 말씀 : 신(信)·행(行)·학(學)을 실천하라.
* 아마도 : 짐작하건대.
* 하늘옷 : 하늘을 날 수 있는 옷. 날개옷. 자유를 상징하는 말.

백목련 꽃

춘분의 아침
아파트 한쪽
바람결에
나뭇가지가
한들한들거린다

떼 바람에
날라 왔나
떼구름에
싸여 왔나

하얗게 핀 백목련 꽃
짙은 향기는 내 코를
벌렁벌렁거리게 한다

싱싱하고 향기롭다
백목련 꽃의 신소에
황홀한 마음이다.

* 춘분 : 일년 중 낮과 밤의 길이가 꼭
  같다고 함.
* 한들한들 : 가볍게 자꾸 흔들리거나
  흔들리게 하는 모양.
* 떼바람 : 한꺼번에 세게 부는 바람.
* 떼구름 : 한 곳에 몰리어 있는 구름.
* 신소 : 소리 없이 빙그레 웃음.
* 황홀 : 사물에 마음이 팔려 멍한 모양.

저울질

우리 삶에 있어서
저울질을 하고 산다

이해타산 따지고
이득이 된다면
인연 맺고자 한다

누구에게나
저저이
이해득실을
헤아림은
인지상정이다

득롱망촉 있어
여옥기인 찾다 보면
좋은 기회 놓친다.

* 저울질 : 이해 득실을 헤아림.
* 이해타산 : 이익과 손해를 이모저모 따져 셈
  함.
* 저저이 : 저마다 각기.
* 이해득실 : 이로움과 해로움 및 얻음과 잃음.
* 인지상정 : 사람이라면 누구나 가지는 보통
  의 마음.
* 득롱망촉 : 사람의 욕심은 한이 없음을 이르
  는 말.
* 여옥기인 : 옥과 같은 사람이란 뜻으로 '흠이
  없는 완벽한 사람' 을 비유하여 이르는 말.

어찌 잊을 리야

다 멀어져 가는데
살가운 분
내 주변에 있네

맺은 인연으로
챙겨 주시는 분
내 주변에 있네

베풀 줄 모르는
험난한 세상에
정분 있는 분
내 주변에 있네

살맛나는
세상 있어 좋구나
심성 좋은 분을
어찌 잊을 리야.

* 살가운 : 예쁘고 정다운. 붙임성 있는. 가
  볍고 부드러운.
* 인연 : 사람 사이에 맺어지는 관계.
* 정분 : 정이 넘치는 따뜻한 마음. 사귀어
  정이 든 정도.
* 살맛 : 세상을 살아가는 재미나 의욕.
* 심성 : 타고난 마음씨.
* 어찌 : 어떠한 이유로.

잘해야지

오늘도 잘해야지
말해 놓고
실천 못한 하루
또 가고 있구나

오늘 해야 할 일들
나의 역할과
한 편의 글은
이미지를 누구나
공감할 내용인가

잘해야지 좋은데
무엇인가
단점이 드러난다
어떻게 채울 건가

오늘도 잘해야지
말해 놓고
왜 못했을까
더 좋은 날이 오는데.

* 역할 : 맡아서 해야 할 일.
* 이미지 : 마음 속에 그려지는 사물의
  감각적 영상.
* 공감 : 남의 생각이나 의견 · 감정 등에
  대하여 자기도 그러하다고 느낌.

알짬

늘 건강을 유지하는 것
쉬운 일 아니다

재산과 명예도
건강할 때 지키는 것은
행복한 삶이다

삶의 활력소가 있어야
일할 의욕이 솟구쳐
환희심이 생긴다

우리의 건강은
최고의 재산인 것을
늘 운동을 하자
몸 추스름이다.

* 알짬 : 가장 중요한 내용.
* 활력소 : 살아 움직이는 힘의 원천.
* 환희심 : 기쁨이 넘쳐 황홀한 마음.
* 추스름 : 심신(心身)을 가다듬는 일.

구곡간장

늘 푸른 하늘
맑은 물처럼
말 한 마디 한 마디
감미로운 선율을
들려주고 싶다

한 마디 말 속에
정가로운 소리
뇌리에 남겨주고 싶다

영원불멸한
심금의 소리
쌓아 놓는
교육의 철학
아낌없이 주고 싶다

내 떠나는 날
우레와 같은
박수소리 듣고 싶다.

* 구곡간장 : 굽이굽이 사무칠 마음 속. 깊은
  속마음.
* 감미 : 정서적으로 달콤한 느낌이 있다.
* 선율 : 높낮이와 리듬을 지닌 음의 흐름.
* 정가로운 : 맑고 정다움.
* 뇌리 : 생각하는 머릿속. 의식 속. 뇌중.
* 영원불멸 : 영원히 계속되어 없어지지 아
  니함.
* 심금의 소리 : 마음의 악기 소리.

마음먹음

안개가 자욱한
새벽녘에
아내는 집을 나선다
손자 녀석을
보러 가는 날이다

급행 열차 놓칠세라
한바탕 부산떨다
불단 문 닫고
뒤처리를 하라 한다

미불유초 선극유종
늘 새겨 두고
마음먹은 대로
결실이 있기를
바라는 마음이다.

* 부산 : 급하게 서두르거나 시끄럽게 떠들어 어수선함.
* 불단 : 부처를 모셔 놓은 단.
* 미불유초 선극유종 : 처음 시작할 때는 누구나가 성공을 결심하고 열심
  히 하게 되지만, 끝까지 그 결심이 누그러지는 일이 없게 계속하는
  사람은 적다.(고사 성어)
* 결실 : 열매를 맺음. 일의 결과가 잘 맺어짐.

제 **3** 부

이런 길 있었으랴

이런 길 있었으랴

눈으로 보고는
알 수 없는
돌을 발로 디디면
우두둑 우두둑
떨어지는
돌이 있었으랴

겉으로 보이는 것은
작아 보여도
뿌리 깊게
박힌 돌도 있었으랴

낙엽 쌓인 곳을
밟아 보았으랴
두텁게 쌓인
낙엽더미에
폭 빠져 보았으랴

우리의 삶에 있어
어디서나
이런 길 있었으랴.

심지(心志)

살다 보면 알 거야
삶의 살터가
얼마나 넓다는 것을
피땀을 흘리고
살아야 돼

살다 보면 알 거야
삶의 장애물들이
얼마나 많다는 것을
분노를 삭이고
살아야 돼

살다 보면 알 거야
삶의 도전을
반복해야 하는 것을
실패에 좌절하지 말고
살아야 돼

살다 보면 알 거야
삶의 정답을

알려주지 않는다는 것을
내 꿈 꼭 실현하고
살아야 돼.

* 심지 : 무엇을 하려고 하는 의지. 마음으로 뜻하는 바.
* 삶터 : 대자연. 넓고 큰 삶터.
* 피땀 : '온갖 힘을 다 들이는 노력과 수고' 를 비유하여 이르는 말.
* 장애물 : 장애가 되는 사물.
* 분노 : 분하여 몹시 성을 냄.
* 도전 : 보다 나은 수준에 승부를 걺.
* 실패 : 일이 뜻한 바대로 되지 못하거나 그릇됨. 뜻을 이루지 못함.
* 좌절 : 계획이 헛되이 끝남.
* 실현 : 실제로 나타나거나 나타냄.

은행나무 낙엽길

초초한 자락으로
젊음이
철철 넘쳐 나는
그곳을 가고자
철조망 세상
잠시 떠나 본다

은행나무 가로수 길
저녁노을이 붉게
뉘엿뉘엿거리는
갈바람에
넘너른해 널려 있는
낙엽길 걷고 있다

너더댓으로 보이는
젊은 남녀들
얼굴에 웃음지며
사연들을
쏟아내고 넘나든다

발길 닿는 곳마다
끝없이 펼쳐지는
노란 융단 깔아 놓은
낙엽길 아름답다.

* 초초한 자락으로 : 보잘것 없는 차림으로.
* 철조망 세상 : 철조망처럼 척박한 세상을 철조망에 비유한 말.
* 뉘엿뉘엿 : 너울거리는 모습.
* 넘너른해 : 이리저리 제각기 흩어서 널브러뜨려 놓은 모양.
* 너더댓 : 넷이나 다섯 가량.
* 융단 : 모직물의 한 가지 염색한 털로 그림이나 무늬를 놓아 짠 두꺼운
  천. (마루에 깔거나 벽에 걸기도 함.)

아내의 푸념

당신은 돈돌이
자식에게
용돈을 받을 나이지만
다 주고 있는 거지

무엇이 부족하여
당신은 돈돌이
그런 말 마소
줄 것이 있으니
보고 있는 거지

줄 것이 없다면
누구인들
보기나 하겠소
다 그렇게
살아가는 거지

안고지고는
갈 수 없는 것을
먼 훗날

안복을 볼 수 있는
날이 오는 거지.

* 안고지고 : 품에 안고 등에 지고.
* 안복 : 진귀한 것, 뛰어난 것, 아름다운 것 따위를 볼 수 있는 복.

담배

십 수 년간 피운 담배
늘 호주머니 속에
자리잡고 있었다

공직 생활 십 수 년간
도시락은 없었어도
담배는 나와 함께 했다

때로는 친구처럼
고독을 달래 주었으며
때로는 친구처럼
기쁨을 주기도 했지
때로는 친구처럼
내게 위안을 주었다

내 삶에 있어서
심사숙고가 있을 때는
담배 한 대 피우며
명상의 잠겨 삼고한다

오요요 소리 낼 수 없어
가슴으로 울고 있다
내 품는 담배 연기 속에
만사가 교차한다.

* 고독 : 외로움.
* 위안 : 위로하여 안심시킴.
* 심사숙고 : 깊이 생각함.
* 명상 : 고요히 눈을 감고 깊이 생각함. 또는 그 생각.
* 삼고 : 세 번 생각함.
* 오요요 : 소리 내어 우는 울음소리를 형용한 말.
* 만사 : 온갖 일.

구관이 명관

구관이 명관이다
듣기 좋은 말이다

나는 언제나
역지사지를 생각하며
교육철학을 펼쳐서
내 역할을 다 했다

돌아오는
농어촌학교
지정을 받아
전인교육을 실시했다

그 환경에
알맞은 일들을 하고
역지개연을
마음의 새겨가며
경영했으니
구관이 명관인 것을
듣기 좋은 말이다.

* 역지사지 : 처지를 바꾸어 생각함.
* 역지개연 : 사람은 지위나 처지를 서로
  바꾸어 놓으면 상대편의 의견이나 행동
  이 달라지지만 행동도 이해할 수 있으면
  언동이 같아진다다는 뜻.
* 전인교육 : 지식에만 치우친 교육이 아닌
  인간이 지닌 모든 자질을 조화롭게 발달
  시키는 것을 목적으로 하는 교육.

잔치잔치 벌렸네

외포리 선착장에서
서도호에 몸 싣고
한 시간 삼십여 분
뱃길 따라 가노라면
주문도 선착장 있다

새마닥 산길을
걸어서 가노라면
발동기 소리
요란스럽게 들린다

주문도 섬마을
오로지 그 곳에서
전기 공급이 된다

발전기 고장나면
관사에 살고 있는
섬마을 선생님들
불고기 잔치에
야화를 나눔의 장
잔치잔치 벌렸네.

* 외포리 선창 : 인천광역시 강화군 외포리에
  있음.
* 주문도 선창 : 인천광역시 강화군 서도면
  주문도에 있음.
* 야화 : 밤에 모여 앉아서 하는 이야기. 부담
  없이 들을 수 있는 이런 저런 세상 이야기.

화두

버스를 놓칠세라
서둘러 집을 나선다

김밥집에서
두 줄 사들고
오늘의 일
하나하나 정리한다

처음 보는 분께
보다 나은
해설을 하는 거다

기억에 남는 것을
어떤 방법으로 할까
심혈에 잠겨 본다
해답은 오직 하나다.

* 심혈 : 마음과 힘을 아울러 이르는 말.
* 화두 : 이야기의 말머리.

조반 상

조기 굽는 소리
냄새가 진동한다

미감 있는 접시에
조기 두 마리
보기만 하여도
미각을 느끼게 한다

냄새가 많이 나던데
아주머니네
세 마리 드렸습니다

같이 들자고 하나
한 번 맛 보고는
낭군님 드시소
젖은 가슴이
참으로 아름답다.

* 진동(振動) : 냄새 따위가 아주 심하게 나
  는 상태.
* 미감 : 아름다움에 대한 감각. 아름답다는
  느낌.
* 미각(味覺) : 맛을 느끼는 감각. 주로 혀에
  있는 미뢰(味蕾)가 침에 녹은 화학 물질에
  반응하여 일어난다. 미각에는 5종류가 있
  다. 단맛, 신맛, 쓴맛, 짠맛, 감칠맛 등이다.
* 낭군 : 남편을 정답게 일컫는 말.
* 젖은 가슴 : 사랑과 정이 촉촉이 담긴 모습
  을 뜻하는 시적 표현.

화(火)

이 세상의 어디서나
그냥저냥
곱다랗게 반겨주는
곳은 없는 거다

내 삶의 세상을
계책하여 하나하나
만들어 가는 거다

내 뜻대로
되지 않는다고
화를 술로
풀지 않는 거다

등산임수를 하고
살터의 자연과
산수수명을 보며
현 상황을 인지하고
삼고하는 거다.

* 화(火) : 몹시 못마땅하거나 언짢아서
  나는 성.
* 그냥저냥 : 그러저러한 모양으로 그저
  그렇게.
* 곱다랗게 : 얼굴이나 성질이 매우 곱다.
* 계책 : 어떤 일을 이루기 위하여 꾀나
  방법을 생각해 냄.
* 등산임수 : 산에 오르기도 하고 물가에
  나가기도 함.
* 살터 : 살아 나갈 밑바탕이 되는 터전.
* 산수수명 : 산수가 빼어나게 아름다운
  모습.
* 삼고(三考) : 세 번 생각함.

핸드폰 전화

내 핸드폰에
수신의 글을
주신 분 누구인지
내용은 무엇인지
알짬만 읽어 본다

그리운 분께는
발신의 글 보내거나
멀리 떨어져
살고 있는 분께는
전화로나마
살기 충천한지
그 목소리 듣는다

안생으로 살고 있는지
서로 서로 안부 전하고
껄껄한 웃음
그 목소리 듣는다

친지께서는

삼락이 있는지
전화할 곳 있는
그 사람은
삶이 행복하다.

* 알짬 : 여럿 중에서 가장 중요한 내용.
* 살기 충천 : 살기가 가득 차서 하늘을 찌를 듯함.
* 안생 : 아무 탈 없이 편히 삶.
* 껄껄 : 우렁찬 목소리로 시원스럽게 웃는 소리.
* 그 : 그이의 준말.
* 삼락 : 부모가 다 살아계시고 형제가 다 무고한 일. 위로 하늘과 아래로
   사람에게 부끄러울 것이 없는 일. 천하의 영재를 얻어서 가르치는 일.

뿔논병아리 사랑

텔레파시가 통했는지
날갯짓에 눈길이
서로 멈춰서
알랑알랑거리는
아첨떠는 춤춘다

뿔논병아리 부부는
어린 새끼에게
자신의 깃털을
뽑아 먹이는
헌신적 사랑이 살갑다

새끼를 등에 업고
깊고 깊은
정나미를 주고받으며
하나둘 생활방식을
가르침을 주고 있다

삶에 필연적인
수중의 생활

물을 차고 떠오르는
비행 훈련을
헤아릴 수 없이 시킨다.

* 텔레파시 : 어느 한 사람의 마음이나 생각이 말과 몸짓 등을 통하지 않
  고 다른 사람에게 전달되는 것.
* 뿔논병아리 : 논병아릿과의 하나. 머리 뒤에 뿔 모양의 깃이 있다.
* 알랑알랑 : 남의 비위를 맞추려고 다랍게 아첨하는 모양.
* 아첨 : 남에게 잘 보이려고 알랑거리며 비위를 맞춤.
* 깃털 : 조류의 몸 표면을 덮고 있는 털.
* 정나미 : 어떤 대상에 대하여 애착을 느끼는 마음.
* 필연(必然) : 사물의 관련이나 일의 결과가 반드시 그렇게 됨. 틀림없이
  꼭.
* 비행훈련 : 하늘을 날아다님.

웃음꽃에 정겹다

출근 버스 안
얼굴 익은
분네 앉아있다

출발하는 차
손든 아낙은
익살스럽게
웃음꽃 피우며
인사를 한다

익살꾸러기
아낙네는
어디서 외박하고
이 차를 타느냐
웃음꽃 피운다

청룡 가는 버스 안
따뜻한 기운
햇귀처럼 감돌고
웃음꽃에 정겹다.

* 분네 : 둘 이상의 사람을 높여 이르는 말.
* 아낙 : 부녀자가 거처하는 곳을 점잖게 이르는 말.
* 익살 : 남을 웃기려고 일부러 하는 말이나 몸짓.
* 아낙네 : 남의 집 부녀자를 통속적으로 이르는 말.
* 익살꾸러기 : 남을 웃기는 우스운 말이나 행동을 늘 하는 사람.
* 정겹다 : 정이 넘칠 정도로 매우 다정하다.
* 햇귀 : 해가 처음 솟을 때의 빛.

* 2009. 1. 19. 09:00 공단에 출근하던 젊은 아주머니의 미소 짓는 모습을 보고 이 글을 쓰다.

수면의 사계절

봄철에는
밤낮 주기와
온도 및 습도 변화에
적응하기 위해
영양섭취하고
늦게 자고
일찍 기상이 좋다

여름철에는
미지근한 물로 샤워하고
에어컨 두 시간 정도
기온을 낮춘 뒤에
밤이 짧으므로
일찍 자고
일찍 기상이 좋다

가을철에는
쉬 살이 찌니 과식 말고
따뜻한 음식과 수분을
충분히 섭취하여

일찍 자고
일찍 기상이 좋다

겨울철에는
침실온도를 유지하여
건조하지 않도록 하고
밤의 길으므로
일찍 자고
늦게 기상이 좋다.

기원(祈願)

늘 조석으로
마음 가다듬고
불단 앞에 앉아
지신심으로
제목하는 거다

가족의 건강과
행복한 삶을
기원하는 거다

헐벗고
굶주림 없는 세상
세계 평화를
추구하기 위하여
지자는 기원하는 거다

화엄세상 바라는
다라니 꽃 피우고자
저저이 기원하는 거다.

* 기원 : 소원이 이루어지기를 빎.
* 가다듬다 : 흐트러진 정신이나 마음·
　생각 따위를 바로 차리거나 다잡다.
* 불단 : 부처를 모셔 놓은 단.
* 지신심 : 지극한 신심.
* 추구 : 목적한 바를 이루고자 끝까지
　쫓아 구함.
* 지자 : 슬기로운 사람.
* 화엄세상 : 보람과 깨달음이 충만한 더
　할 나위 없이 아름다운 세상.
* 다라니 꽃 : 공덕을 비는 전언의 모습
　을 꽃으로 비유한 말.
* 저저이 : 저마다 각기.

이고 메고

추석이 돌아왔다
장애인에게
독거노인에게
저소득 계층에게
다가가는 시기이다

쌀, 생활필수품을
머리에 이고
어깨에 메고
달동네 찾아 간다

때늦은 낮 더위
구름 한 점 없고
바람 한 점 없이
햇볕 내리쬐는 날이다

가파른 언덕과
계단을 넘나드는 길
한달음 달려 보니
노그라지는 심신이다.

* 다가가다 : 어떤 대상 쪽으로 더 가까이 옮겨가다.
* 달동네 : 산등성이나 산비탈 따위의 높은 곳에 가난한 사람들이 모여 사는 동네.
* 한달음 : 쉬지 않고.
* 노그라지는 : 한 군데로 마음이 쏠려서 정신을 못 차리는. 몹시 피곤하여 힘없이 축 처지는.

일거월저

다직해야 40분 후
열차가 있으나
감기 몸살기가 있다

역 대합실은
붐벼 있을 곳
없으니 묘안을 찾자

시외버스 터미널에는
인간밀림 속의
소음이 있어 어렵다

자질하다가
다방에 앉아서
일거월저라지만
잠시 쉬어 보자.

* 일거월저 : 쉬지 아니 하고 가는 세월.
* 다직해야 : 고작해야
* 묘안 : 뛰어나게 좋은 생각.
* 인간밀림 : 사람이 밀집해 사는 것을 나무가 빽빽하게 들어선 숲에 비
  유한 말.
*자질하다가 : 이리저리 궁리하고 재어 보다가. 견주어 보다가.

유익광고

옥야천리의 땅
경기평야를 달린다

움직이는 광고판이다
어느 회사의 소속이
따로 없이 하나 같다

영업적인 광고판이다

유일하게 눈에 띄는
것이 있으니
사랑은 누구나 할 수 있는
가장 쉬운 일이다

우리 삶에 유익한
광고들이 많이
나왔으면 참 좋겠다.

* 버스광고 내용 : 학원, 병원, 가구, 아파트, 예식장, 보일러
* 옥야천리 : 끝없이 넓게 펼쳐지는 기름진 들.
* 유일 : 오직 하나 밖에 없음.
* 유익 : 이롭게 도움이 됨.

제 **4** 부

태평무

태평무

태평무 관람은
우리의 가락으로
흥겨움을
남녀노소 즐긴다

우리의 대표적인
민속 음악의
가락과 장단으로
어우러져
아름다운 조화를
이루고 있다

태평무는 경쾌하고
발짓과 손놀림이
우아하고 섬세하며
절도가 있어서
우리 민속춤이 지닌
정중동(靜中動)에
미(美) 볼 수 있다

소중한 시간을
가족과 친구와 함께
태평무 관람으로
흥과 멋을 볼 수 있다

* 태평무 전수관 : 경기도 안성시 사곡동에 있음.
* 음악 : 악궁, 터빌림, 섭채, 오림채, 도살풀이, 자진도 살풀이 등이다.
* 공연내용 : 태평무, 장고춤, 북춤, 향발무, 미얄할미, 부채춤
* 정중동(靜中動) : 조용한 가운데 어떠한 움직임이 있음.

미개안소

문 바르는 풍경을
오십여 년만에
보는 것 같구나
보살님들
동고동락하고 있다

산사의 대웅전
12개 문짝은
활짝 열리고
보살님들
의자 놓고
사다리 놓고
물 흡족하게 적신다

문살 하나둘 드러난다
허허롭던 문들
문풍지는
치마에 가선을
두르듯이 두른다

대웅전의 주련은
마사여구는 한량없이
우리들에게
미개안소를 주고 있다.

* 동고동락(同苦同樂) : 같이 고생하고 같이 즐김.
* 허허롭던 : 실속 없이 허전하던.
* 가선 : 옷 따위의 가장자리를 다른 헝겊으로 좁게 싸서 돌린 선.
* 대웅전 : 절에서 본존 불상을 모신 법당.
* 주련 : 기둥이나 바람벽 따위에 장식으로써 붙이는 글씨.
* 마사여구 : 아름다운 말과 고운 글귀.
* 미개안소 : 얼굴에 웃음이 가득함.

담쟁이넝쿨

벽과 천정으로
담쟁이넝쿨은 뒤덮고
초록빛 윤기가 흐른다

동굴 속에서 박쥐가
매달려 있는 것처럼
베롱베롱거린다

마음의 양식 얻고자
담쟁이넝쿨 아래를
관람객은 드나든다

바람결에 출렁이는
초록의 파도치며
양팔을 벌리고 반긴다.

* 담쟁이 : 포도과의 갈잎 덩굴성 떨기나 바위벽, 돌담, 나무 등에 붙어
  산다.
* 베롱베롱 : '반짝반짝'을 좀더 은은하게 표현하는 말.

강구(講究)

씨티투어 가는 날
씨디를 보거나
혹여 왜곡되지는 않을까
자료 검증에
눈 돌려 보는 거다

아는 만큼 보이니
아는 만큼 돌려주고자
고민 끝에 얻어지는
힘을 강구하는 거다

고객의 만족을 위하여
밤을 지새워서라도
자기마당의 장에서
자기만족을 찾는 거다

자기모순이 없는
그날까지
늘 강구하는 거다.

* 강구(講究) : 좋은 대책과 방법을 궁리
  하여 찾아내거나 그런 대책을 세움.
* 자기마당 : 자기장.
* 자기만족 : 스스로 자기 자신이나 자신
  의 행위에 대하여 만족하는 일.
* 자기모순 : 자기의 논리나 실천의 내부
  에서 몇몇 사항이 서로 대립하는 일.

씨티투어의 날

다른 날보다
일찍 일어나서
모처럼 나도
때깔나게 이것저것
챙겨 보는 거다

일정표 그대로
순조롭게 진행되기를
바라는 마음뿐이지
힘든 것은 뻔한 거다

문화관광해설사도
때때로 순간적인
순발력이 있어야
하는 것을
반상낙하는 없는 거다

순진무구한 웃음도
때때로 지어야 하고
설렘을 간직한 채

비 바람결에
여러 곳 가 보는 거다.

* 때깔나게 : 번드르르하게. 남이 보기에 좋게.
* 반상낙하 : 성질이나 태도가 모호함을 이르는 말(위 아래 어느 쪽에도
　　들지 않는다는 뜻)
* 순진무구 : 티 없이 순진하다.
* 때때로 : 가끔. 시시로. 간간이.

말 한 마디

만나는 분께
돌이 마음으로
정다이
다가가고 싶다

내 가슴 따뜻하고
정가로운
마음을 주고 싶다

짧은 만남이지만
짧은 말 한 마디로
정감 넘치는 말로
웃음을 주고 싶다

오늘 살아 있기에
늘 봄처럼 따뜻한
행복의 깃발을
드높이 휘날리고 싶다.

* 정다이 : '정답게' 의 시적 표현.
* 돌이 마음 : 사심에서 착하게 돌아간 마음.
* 정가로운 : 맑고 정다운.
* 정감 : 정조와 감흥을 불러 일으키는 느낌.

꿈의 정거장

낯 모르는 아낙네는
내 앞으로 다가오는 거다

내가 앉았던
그 자리에
장갑을 깔고 앉아
버스를 기다렸던 거다

잃어버렸던 장갑
찾았다는 기분에
남은 미처 생각지 않고
먼지를 툴툴 터는 거다

옆에 앉아 있는 사람 두고
놀부 심보처럼 먼지를
툴툴 털면 되느냐고
나는 묻는 거다.

* 꿈의 정거장 : 경기도 안성시 양성면 날실리에 있음.

넝쿨장미 꽃

6월의 초여름
넝쿨장미 꽃
바람에 너울너울
춤을 추고 있다

넝쿨장미의 꽃송이는
줄멍줄멍 달려 있다

타오르는 붉은
장미꽃 송이는
내 눈을 불태운다

난구만
황홀감에 감돌고
내 심장은
더 더욱 뛰고 있다.

* 넝쿨장미 : '덩굴장미' 의 북한어.
* 너울너울 : 큰 물결이 느릿느릿 굽이쳐 움직이는 모양.
* 줄멍줄멍 : 그만 그만하게 굵직한 것들이 한데 어울려 있는 모양.
* 황홀감(恍惚感) : 어떤 사물에 마음이나 시선이 혹하여 달뜬 느낌.

노부부

문학관 관람차
팔질의 노부부
정담 나누며 찾는다

타향에 살다가
황혼기에 고향 땅으로
이사 왔는데
평택시로 편입되어 있으나
안성 사람이다

내 어린 시절
고삼호수로 소풍갔던
추억을 반추하면서
이곳저곳 돌아보고 있다

여우도 죽을 때는
태어난 쪽으로
머리 돌리거늘
고향을 잊을 손가
쟁기웃음 짓는다.

* 팔질 : 여든 살
* 고삼호수 : 경기도 안성시 고삼면 대갈리에 있는 저수지. 면적 2.74㎢, 길이 207m, 높이 16.6m, 몽리면적 29.75㎢이다. 1963년에 완공되었으며, 안성시 최대의 저수지이다.
* 반추 : 어떤 일을 되풀이하여 음미하거나 생각함.
* 여우 : 개과의 동물. 몸길이 60~90㎝. 꼬리길이 34~60㎝. 몸이 홀쭉하고, 주둥이가 길고 뾰족하며, 꼬리는 굵고 길다.
* 쟁기웃음 : 까르륵 끼룩하며 활짝 웃는 웃음.

등산

산사의 주차장에는
바람에 낙엽 날리고
추적추적 비 내려
빗물 길 이루지만
주차해 놓고 있다

우비 입고
이, 사, 육
짝지어 도란도란
한담설화 꽃
피우며 등산한다

실개천의 얼음은
빗물에 덮여 녹고
나운나운
마음의 차부 없다

무위도식을
일삼아 할 것 없고
마음 다짐을

새롭게 하고
우유자적
등산하는 것도
참 좋을 것 같구나.

* 추적추적 : 비나 진눈깨비가 을씨년스럽고 척척하게 내리는 모양.
* 한담설화 : 심심풀이로 이야기를 주고 받음.
* 나운나운 : 가볍고 산뜻한 모습.
* 차부 업다 : 한량없는.
* 무위도식(無爲徒食) : 아무 하는 일 없이 오직 먹고 놀기만 함.
* 우유자적 : 한가로움 속에서 급할 것이 없음.

노점상 노부부

산사의 앞에서
수십 년간
노점상을 하시는
노부부가 있다

골바람 부는 겨울 날
큰 파라솔을
바람막이로 놓고
고추장 담았던 통에
모닥불 피우고 있다

신토불이 품목이다

아낙네들
거리낌 없이
게걸스럽게
땅콩 한 주먹 훔치고
눈치를 본다
오두방정 떨고 있다

짜마리 있으면
오빠 더 주워
인심 좋은 오빠
싱글벙글
웃음의 꽃을 피운다

이렇게 주다간
할머님께 쫓겨난다고
엉너리 부리며
농담 늘어놓고 간다.

* 골바람 : 산기슭이나 산골짜기에서 산위로 부는 바람.
* 게걸스럽게 : 욕심이나 탐용이 들린 태도를 부사화한 말.
* 오두방정 : 몹시 방정맞은 행동.
* 짜마리 : 물건 중에서 제일 나쁘거나 못생긴 것.
* 엉너리 : 남의 환심을 사려고 어벌쩡하게 서두르는 짓.

할미꽃은 웃고

고향의 봄바람
때때로 불고 있다

아리잠직한
할미꽃
온 널판을 보며
남상남상거린다

온몸 보송보송한
하얀 솜털 옷
뜨악하다는 것을
맨드리 입고
애오라지는 마음
바투 꿈지럭거린다

허리 굽은 채
그저 좋아서
피식 웃고 있는 그 모습
애동대동하다.

* 아리잠직한 : 외양이 얌전하게 작고
　여린 모습.
* 온 널판 : 우주.
* 남상남상 : 얄미운 태도로 갸웃갸웃
　넘겨다보는 모양.
* 뜨악하다 : 마음이 선뜻 내키지 않다.
* 맨드리 : 옷을 입고 매만진 맵시.
* 애오라지 : 마음에 부족하나마, 그저
　그런 대로 넉넉히.
* 그저 : 그대로 사뭇.
* 바투 : 시간이 썩 짧게.
* 애동대동하다 : 매우 젊다.

콩나물 시루

이장의 도움으로
남녀노소 없이
인연을 이어본다

그대는 건강을
스스로 지키지 못하고
의약에 의존하여
살고 있었으랴

기청산 식물원
너무 많은 것을
보고 듣고 있나니
우리의 아픔이어라

콩나물 시루에
물을 담듯이
하도한 것을
보고 듣고 나니
허무한
마음이 남는다.

* 콩나물 시루 : 보고 듣고 너무 많아서
  남는 것이 없다고 비유한 말.
* 하도한 : 많기도 많은
* 허무 : 아무것도 없이 텅빔.

사진전

멈추어진 순간들이
한 자리에
시(詩)들이 모여 있어라

그 순간의 포착은
영원을 남기고
자연과 대화에는
영적 존재가 있어라

내 뇌리 속에
지워지지 않는
그 순간의 포착들
환희심이 있어라

사진전 보노라면
헤아릴 수 없는
삶의 정가로운
화엄세상이 있어라.

* 영적 : 정신이나 영혼과 관계가 있는 것.
* 뇌리 : 생각하는 머릿속. 의식 속.
* 환희심 : 기쁨이 넘쳐 황홀한 마음.
* 정가로운 : 맑고 정다운.
* 화엄세상 : 보람과 깨달음이 충만하여 더
　할 나위 없이 아름다운 세상.

* 일시 : 2008. 9. 3(금)
* 주제 : 자연과의 대화
* 작가 : 아케다 다이사쿠 사진전
* 장소 : 경기도 문화의 전당에서 관람.

성도

백년의 사찰이나
천년의 사찰이나
성도의 길은 하나

작은 사찰이나
큰 사찰이나
성도의 길은 하나

부처님 한 분인데

왜, 화려한 것을
선호하는지
성도의 길은 하나.

* 선호 : 여러 가지 중에서 특별히 가려서 좋아함.
* 성도 : 도를 닦아 진리를 터득함.

나한전

박문수는 나한전에
유과를 올리고
불공을 드린 후 잠잔다

꿈에 나한이 나타나셔서
문제를 알려주어
장원한 '몽중등과시' 이다

나한전에서 기도는
신의 영총이 있다 하여
입시철에는
사탕을 올리며
합격의 기원으로
문전성시를 이루고 있다

어렵다 싶어지면
안달나게 찾으시는 것을
지켜보았으랴
어머니 마음 알지어라.

* 나한전 : 경기도 안성시 죽산면 칠장
  리 '칠장사' 에 있음.
* 영총 : 신이나 부처의 은총.
* 문전성시 : 찾아오는 사람이 많음을
  이르는 말.
* 안달나게 : 조급하게 걱정하면서 애
  태우게.

제 **5** 부

팔각정 해돋이

팔각정 해돋이

새해 아침의 태양은
밝게 떠오르고 있다
앙상한 나뭇가지에
겨울의 추위만큼이나
꽁꽁 얼어붙어서
빈 들판처럼 삭막하고
을씨년스러운
우리네 살림살이
올 한 해는 좋아지길
바라는 마음이다
안성 시민에게
소망의 빛
새 아침의 태양은
대명천지에
밝게 떠올랐습니다
이루지 못한 꿈
새해는 이루소서.

* 을씨년스러운 : 보기에 날씨나 분위기 따위
가 몹시 스산하고 쓸쓸한 데가 있다. 보기에
살림이 매우 가난한 데가 있다. 보기에 소름
이 끼칠 정도로 싫거나 매우 지긋지긋한 데
가 있다.
* 소망 : 바라는 바. 기대(期待)하는 바. 삼덕(三
德)의 하나. 하나님에게 향한 변(變)치 않는
사랑과 믿음이 그들을 예수의 재림(再臨), 미
래(未來)의 행복(幸福), 곧 영생(永生)으로 이
끌어 주리라고 바라는 일.
* 대명천지(大明天地) : 아주 환하게 밝은 세상.
* 팔각정 : 안성시 비봉산에 팔각정이 있다.

칠연계곡

칠연계곡을 보라
울 벗삼아 주는
아름다운 계곡이
어디에 또 있으랴
심산유곡의 반석 위로
흐르는 맑은 물
청련하여라
맑은 하늘도
맑은 공기도
산새가 지저귀고
굽이굽이 어우러진
칠연계곡 숲
무진장 청정이로다.

* 울 : 우리.
* 심산유곡 : 깊은 산속의 으슥한 골짜기.
* 반석 : 넓고 평평한 큰 돌.
* 청련하여라 : 맑고 차가워라.
* 청정 : 맑고 깨끗함.
* 칠연계곡 : 전라북도 무주군 안성면 공정리 통안마을에 있음.

하늘공원 풍경

난지도 변신의 길
징검다리 건너
지그재그로 난
291계단을 힘겹게
톺아 오르면 되는 거다

하늘공원 가는 길엔
민들레 토끼풀 산풀들
대자연의 향기가
물씬 물씬 풍겨
살아 숨쉬는 곳
하늘공원 가는 거다

5기의 풍력 발전기로
난지도 공원에 설치한
부대시설에 전기 공급할
자가 발전하고 있는 거다

하늘공원 전망대에서
근거리 월드컵 경기장

멀리 보이는 북한산
시민의 휴식처 남산
시민의 젖줄인 한강
서울의 풍광명미를
한 눈에 볼 수 있는 거다.

＊하늘공원 : 월드컵공원 중 가장 하늘 가까운 곳(해발 약 98m)에 위치한
　하늘공원은 난지도 제2매립지에 들어선 초지. 무엇보다도 하늘공원의
　특징은 광활한 초지가 펼쳐져 있다는 데 있다. 배수(排水)를 위해 만들
　어져 있다. 2000년부터 하늘공원을 중심으로 난지도에 노랑나비, 제비
　나비, 네발나비, 호랑나비 등 3만 마리가 서식하고 있다.
＊톺아 오르면 : 하나하나 짚어 오르면.
＊풍광명미 : 자연의 경치가 매우 맑고 아름다움.

봄의 신비

비봉산 가는 길
곳곳마다
봄의 계절이다

온 누리에 온통
봄의 꽃들
개화의 절정으로
환희의 도가니다

꽃 바글바글 피어
향냄새 취해 본다

만고강산 유람하니
아름다운 자연
신비롭기만 하다.

* 온 누리 : 온 세상.
* 환희 : 즐겁고 기쁨.
* 도가니다 : 흥분이나 감격 따위로 들끓고 있는 상태를 비유하여 이르는
  말.
* 바글바글 : 꽃들이 자꾸 피어오르는 모양.
* 만고강산 : 오랜 역사 속에서 변함없는 산천.
* 유람 : 구경하며 돌아다님.
* 신비 : 불가사의하고 영묘한 비밀.

벚꽃 길

신운이 감도는
벚꽃이 활짝 피어
향미로우라
등산길 걷고 있다

신선티 신선한
산들바람 불어
온 누리에
꽃잎은 나무에서
하롱하롱
자박자박 앉는다

향교로에서
약수정까지
바람 따라
외르르 와르르
도로는 온통
벚꽃 잎으로
도배하고 있다

시호시호한 날
나 혼자 밟고
걷기에는
상큼하고 향기롭다.

     * 신운 : 신비롭고 기품 있는 운치.
     * 향미로우라 : 향기롭고 감미롭다는 뜻의 시적 조어.
     * 자박자박 : 꽃잎 따위가 소리 내며 떨어지는 모양을 나타낸 말.
     * 하롱하롱 : 꽃잎 따위가 가볍게 날리는 모습.
     * 시호시호 : 아주 좋은 시기.
     * 상큼 : 냄새나 맛 따위가 향기롭고 시원하다.
     * 약수정 : 안성시 비봉산에 있음.

정아(頂芽)

삼월 초입에
소소리 바람 따라
진눈깨비는
종일 내리고 있다

산사의 주차장
나무 잔가지마다

진눈깨비는
방울이 되어
정아처럼
대롱대롱 달려 있다

유리알처럼
맑은 눈빛으로
그대여 사랑하오
나를 잊지 마세요
정답게 소곤소곤댑니다.

* 정아 : 꼭지눈.
* 소소리 바람 : 초봄에 제법 차갑게 부
  는 바람.
* 진눈깨비 : 눈이 섞여서 내리는 비.
* 대롱대롱 : 작은 물건이 매달려 늘어
  진 채로 가볍게 흔들리는 모양.
* 소곤소곤 : 남이 알아듣지 못하게 매
  우 나직한 소리로 이야기하는 모양.

산나물

아내는 산나물
뜯으러 산을 간다
몸이 좋지 않으나
진통제 두 알 먹고
훨훨 날아간다

산나물 뜯으러 가면
맑은 공기 마시고
나물 뜯고
운동하며 성취감 있다

성한 몸도 힘든 것을
기신기신 버틴다
후유증 없기를
기원할 뿐이다

저녁엔 힘이 들어
잠을 설치고 있다
누가 시킨 것 아니니
누구를 원망할거나.

* 훨훨 : 날 짐승이 높이 떠서 시원스럽
  게 날아가는 모양.
* 성취감 : 목적한 바를 이룸.
* 기신기신 : 힘겹게 기를 쓰는 모습. 거
  우거우 힘들게.
* 기원 : 소원이 이루어지기를 빎.

아내의 수다

산나물 이것저것
하나하나 분류를 한다

고사리는 더 있으면
기제사에 쓸 수 있다고
쟁기웃음 짓는다

취나물 두릅나물은
저녁 식사에 먹자고
소탈한 웃음 짓는다

우리 몸에 좋은
엄나무 순 드시니
서방님 오늘 밤에
잠 잘 올 거라고
아내는 수다스럽다.

* 수다 : 쓸데없이 많이 지껄이는 일.
* 쟁기웃음 : 까르륵 끼룩하며 활짝 웃는 웃음.
* 소탈한 웃음 : 만족감에서 나오는 웃음.
* 엄나무 : 두릅나뭇과의 낙엽활력 교목. 산이나 들에 절로 나는데 높이
  는 2.5m 가량. 가지에 가시가 있고 여름에 황록색 꽃이 핌. 한방에서 껍
  질을 약재로 씀.

청룡호수

둑길 따라 걸으며
푸른 하늘
푸른 호수
쳐다보고 걷는다

호수에서 보니
낮은 산들
산들산들
부는 바람에
풀과 나뭇잎
흔들리고 있다

사시사철
맑은 호수는
잔물결의
가창오리
원앙새 떼지어
노닐고 있다

청룡호수

맑디맑은 물
맑은 공기
경치가 빼어나고
고조곤하다.

* 잔물결 : 초속 1m 이상 5m 이하의 바람이 불 때 생기는 주름살 모양의
  작은 파도.
* 가창오리 : 오릿과의 물새. 몸이 작고 아름다우며, 수컷은 얼굴에 황색
  과 녹색의 무늬가 있다. 동부 아시아 특산으로 가을에 한국, 중국, 일본
  등지로 날아오는 수렵조이다.
* 원앙새 : 오릿과의 물새. 나무에 즐겨 앉고 높은 나무 구멍에 집을 지며
  암수가 늘 함께 다님. 천연기념물 제327호.
* 고조곤하다 : 고요하다. 조용조용하다.
* 청룡호수는 만수면적이 3만5천5백여 평의 아담한 낚시터로 계곡형 저
  수지이다. 잉어, 향어, 여름철 피서지로 유명하다. 워터월드가 있어 수
  상스키, 모터보트 등 수상 레포츠를 즐기는 사람들이 많이 찾는다.

금광호수

금광호수
커피숍에서
남령초 한 대 물고
호수가 보고 있다

햇빛이 호수 위로
부서져 내리고
맞은편 산
철새의 보금자리다

황새는 바람 가르고
둥지 속으로
드나들고 있다

사색이 찾아든다

가창오리들이
떼지어 푸드득
날아다니고
물살 가르며

먹이 찾기에
게야단법석이다.

* 남령초 : 가지과에 딸린 한해살이 식물(植物). 남미(南美) 원산(原産).
  담뱃잎을 말려서 만든 살담배, 잎담배, 엽궐련, 지궐련 따위를 통털어
  일컬음.
* 사색 : 사물(事物)의 이치(理致)를 파고들어 깊이 생각함. 이론적(理論
  的)으로 사유(思惟)함.
* 게야단법석 : 몹시 어수선하고 소란스러운 일.

담빡

문화마을
꿈의 정거장에서
안성 가는 버스
기다리고 있다

오토바이 한 대에
넷 타고
과속을 내고 가는
한 가족 같구나
어쩌고 저쩌고
거론할 것 없으나
어처구니 없다

안전 모자 없이
오토바이 탄 풍경
아실 아실하고
조마조마해서
나는 못 보겠다

목숨을 담보 삼아

달려가야만 하는가
하나뿐인
인생인 것을
담빡하였나 보다.

* 담빡 : 깊은 생각 없이 가볍게 행동하는 모양.
* 아실아실 : '아슬아슬'의 시적 표현.
* 조마조마 : 닥쳐올 일에 대하여 불안하거나 초조한 느낌이 드는 모양.

평온

간직해 온 것들이
소실된다든지
나의 바래움
어긋나면
바람 부는 마을 떠나
비봉산에 오른다

팔각정에서 보니
안성시 키 속에
담겨져 있는 것처럼
길게만 보이네

안성은 온 산과 들
청정의 지역
늘 평온하여
살기 좋은 고향이다.

* 바람 부는 마을 : '세속' '저잣거리' 를 형상화한 말.
* 바래움 : '바램' 의 시적 표현. 소망.
* 팔각정 : 안성시 비봉산에 있음.
* 키 : 곡식 따위를 까부르는 기구.

주차장 풍경

산사의 주차장
버리지 말자는 말은
한낱
구실에 지나지 않는지
적반하장 격이다

터주귀신께서 화가 났나
째마리처럼
행동하시는 분이 있다

무료 주차장 혼전만전
쓰고 버리는 양
하루 지나면 쓰레기는
바람에 넘너른해진다

질서, 믿음, 타애
마음 있어서
세상은 밝고
아름다워집니다.

* 한낱 : 오직. 단지 하나의
* 적반하장 ; 잘못한 사람이 도리어 잘
  한 사람을 나무라는 경우.
* 터주귀신 : 집터를 지키는 귀신.
* 째마리 : 골라내거나 쓰고 남은 가장
  못한 찌꺼기.
* 혼전만전 : 재물이 넉넉하여 아낌없
  이 쓰는 모양.
* 넘너른해 : 이리저리 제각기 흩어서
  널브러뜨려 놓은 모양.
* 타애 : 자기를 희생하여 남의 이익과
  행복을 꾀하는 일.

비석

폭우는 비석에
폭위를 부리고 있다

토악질하고 있다

야합의 따위나
타합의 따위는
있을 수 없는 것이다

내게 있어서
너라는 존재는
안중에 없는 것이다

내 몸에 먼지만
닦아주고 갈 뿐이다.

* 비석 : 어떤 인물이나 공적을 기념하기 위하여 돌에 글자를 새겨서 세
  워 놓은 물건.
* 폭위 : 거칠고 사나운 위세.
* 토악질 : 먹은 것을 게우는 행위.
* 야합 : 떳떳하지 못한 야망을 이루기 위하여 서로 어울림.
* 타합 : 어떤 일에 대하여 서로 좋도록 합의함.

추락

돈 나고 사람 낳았더냐
정신병원에
입원시키는 자 있다

반포지효는
못할 일일지언정
아버지 재산 노린
불효자는
지어농조가 반드시 있다

자식이 겁난다
이구동성이다
도덕성 붕괴
윤리관을 걱정하였다

세상을 멋으로
살아가는 자여
추락하는 것도
날개가 있어야 산다.

* 1995. 3. 21(화) 조선일보 2면 기사를 읽
  고 이 글을 쓰다.
* 반포지효 : 자식이 자라서 어버이가 길
  러준 은혜에 보답하는 효.
* 일지언정 : 어떤 사실을 인정하되 뒷말
  이 거기에 메이지 아니함을 나타내는 연
  결형 서술격 조사.
* 지어농조 : '자유롭지 못함' 을 비유하여
  이르는 말.
* 이구동성 : 여러 사람의 말이 한결 같음.

교훈적 아포리즘과 순수 서정

― 이기호 제5시집 《은행나무 낙엽 길》의 시세계

홍윤기

국제펜클럽 한국본부 고문(현재)
한국외국어대학 [한국시] 담당교수(현재)
일본센슈대학 대학원 문학박사(시문학)

시는 진실의 내면을 영감으로 캐내어 세련된 언어로 아름답게 형상화시킨 노래다. 필자가 이기호 시인의 시 세계를 접하며 전편적으로 느끼는 것은 그의 인간적 진실과 서정적인 순수성이 함께 조화되고 있다는 점이다. 이기호 시인이 이 시집 원고를 가지고 내 연구실로 찾아온 날, 직접 만난 것은 3년만의 일이었다.

이기호 시인은 그동안 오랜 세월동안 교직에 봉직하던 중・고등학교 교장직에서 정년퇴임한 뒤, 현재는 고향인 '안성' 땅의 동향 선배 대시인 [편운 조병화 문학관]에서 조병화 선생의 문학과 인생을 한국문화관광 해설사로서 일에 열중하며 시를 쓰고 있다. 우리나라 현대 서정시인으로서 대표적인 편운(片雲) 조병화 선생은 고결한 성품의 시인으로서 문단의 존경을 한 몸으로 받던 분이다.

나는 이기호 시인에게 마음 속으로 "편운 조병화 선생의 문학과 인생을 더 널리 직접 많은 분들에게 알리느라 참으로 보람찬 여생을 보내시며 좋은 시도 계속 많이 쓰십시오"라고 당부했다. 오랜 세월, 교직에 봉직하느라 학교 업무로 손이 바빠, 이제야 다소나마 시간의 여유를 얻어 그렇게 좋아하던 시를 다시 쓰게 된 것이 매우 기쁘다는 이기호 시인의 표정은 마냥 평화로워 보였다. 시가 진실의 언어라는 것은 그의 가슴 속에 뜨겁게 살아 있는 것 같았다.

이기호 제5시집《은행나무 낙엽 길》의 모든 원고를 다섯 번을 거듭 읽고 나니, 이 시집의 시세계는 [교훈적 아포리즘과 순수 서정]이라는 결론이 났다. 미리 지적해 두자면 이기호 시인은 각 시편마다 친절하게 '시어의 풀이'를 상세하게 하고 있다는 점이다. 참으로 값진 일이다. 시를 읽는 독자가 일일이 '고사성어', '국어사전'을 뒤지지 않고도 그 시어의 뜻을 알기 쉽게 해설한 것은 다른 여러 시인들에게도 모범이 된다고 본다.

시인의 작품 발표에 뒤따르는 것은 '책무'인데, 남이 모를 어려운 낱말들을 써놓고도 모르는 체하고 있는 시인도 더러 있기 때문이다. 우리가 보다 폭넓게 독자를 수용하는 일은 시집을 간행하는 일에 앞서 중요한 일이라는 사실을 이기호 시인이 모두에게 일깨워주어 기쁘다. 일본 등 외국에서도 보면 시인들이 시작품 말미에다 주석을 다는 것은 상식이기도 하지만 우리나라에서는 좀처럼 보기 쉽지 않은 것 같다.

     나는 이삭을 줍는다
     진종일 주워도
     양이 차지 않는다

     마음 같아서는
     한 가마니 쯤
     이삭을 주울 수 있다

     이삭을 줍는
     노하우도 없어서
     바구니 하나
     줍기도 힘겹다
     늦깎이가
     이삭을 줍고 있다

     밤이 깊어져도
     늦깎이는 꿈 속에서
     이삭을 줍고 있다.

                    ― 〈이삭〉 전문

   이 시 〈이삭〉을 대하니, 이 작품이야말로 교훈적 아포리즘과 순수 서정이 한 데 어우러진 시세계라는 것을 짙게 감득시킨다. 그렇다. 시는 어려운 말로 쓰는 것이 아니고 쉬운 말로 뜻 깊은 콘텐츠(내용)를 전달해 주는 감동의 소산이다. "나는 이삭을 줍는다/ 진종일 주워도/ 양이 차지 않는다"(제1연)고 하는 그의 생을 내건 시작업의 겸허한 오프닝 메시지다.

제1연은 좋은 시 쓰기에의 시인의 갈구가 열망적인 메타포(은유)로 형성되고 있다. 그리고 마지막 제4연에 가면 "밤이 깊어져도/ 늦깎이는 꿈속에서/ 이삭을 줍고 있다"(제4연)고 하는 더욱 고조되는 노후의 성실한 시작업의 진지하고도 열성적인 탐구 자세가 늠름하다.

나는 처음 이 작품 〈이삭〉을 대하면서 프랑스 화가인 장·프랑소와즈·밀레(1814~1875)의 명화 〈이삭줍기〉(1857년 작품, 프랑스 오르세이미술관 소장)를 연상했다. 프랑스의 가난한 농촌 여성 셋은 수확이 이미 다 끝난 남의 밭에 떨어진 이삭들을 주워다 먹으려고 밭에 나갔다. 머리수건을 쓰고 투박한 치마를 입은 세 여성이 온종일 허리를 구부리고 그 알갱이들을 줍고 있는 성실하고도 근면한 광경이다.

이기호 시인의 〈이삭〉은 좋은 시를 쓴다는 것도 항상 생활 속에서 끊임없이 성실하고도 근면한 이삭줍기로서만이 이루어진다는 참다운 삶의 교훈을 담고 있었다. 더구나 그 교훈이 직설적인 지적으로 끝나면 시로서는 맛이 떨어지고 깊이가 얕다. 그러나 "늦깎이는 꿈속에서/

이삭을 줍고 있다"는 이렇듯 차원 높은 메타포(은유)가 강력한 이미지로써 독자에게 어필할 때, 그 시는 알찬 가치를 형성한다. 물론 이기호 시인의 〈이삭〉은 화자인 시인 스스로에게만 해당하는 것은 아니다. 그것은 그의 시를 애독하는 독자들이며 인생 전반의 모든 사람들에게 동시에 큰 설득력을 안겨주는 보람찬 교훈으로서의 아포리즘의 시세계 전개이다.

이 시집에서 이기호 시인의 〈심지〉(心志)라는 시에서도 보면 다음의 두 연이 특히 주목된다.

살다 보면 알 거야
삶의 살터가
얼마나 넓다는 것을
피땀을 흘리고
살아야 돼

살다 보면 알 거야
삶의 장애물들이
얼마나 많다는 것을
분노를 삭이고
살아야 돼

살다 보면 알 거야
삶의 도전을

반복해야 하는 것을
실패에 좌절하지 말고
살아야 돼

살다 보면 알 거야
삶의 정답을
알려주지 않는다는 것을
내 꿈 꼭 실현하고
살아야 돼

— 〈심지〉 전문

이기호 시인의 〈심지(心志)〉의 "살다 보면 알 거야/ 삶의 일터가/ 얼마나 넓다는 것을/ 피땀 흘리고/ 살아야 돼" 제1연은 오프닝 메시지로서 우선 끈질긴 고초를 견뎌내는 근면 성실의 당위성이 제시된다. 〈심지〉 제4연에서는 또한 그 결어로써 다음처럼 달관의 경지를 매듭짓고 있다.

"살다 보면 알 거야/ 삶의 정답을/ 알려주지 않는다는 것을"하는 필로 소피컬한 철학적 가르침이 이 시의 핵심 논리처럼 노래 불리우고 있어서 작품 전체 기승전결의 대단원의 막을 올린다. 그리고는 아포리즘으로서의 설득력은 "내 꿈 꼭 실현하고/ 살아야 돼"라고 강조되는 엠퍼사이즈가 두드러지고 있다.

그런가 하면 이 시집의 〈뽈눈병아리 사랑〉이라는 새타

이어(풍자)가 홍미로운 작품에서는 다음처럼 제2연이 자식 사랑의 적극적 아포리즘으로 승화된다.

텔레파시가 통했는지
날갯짓에 눈길이
서로 멈춰서
알랑알랑거리는
아첨떠는 춤춘다

뿔논병아리 부부는
어린 새끼에게
자신의 깃털을
뽑아 먹이는
헌신적 사랑이 살갑다

새끼를 등에 업고
깊고 깊은
정나미를 주고받으며
하나둘 생활방식을
가르침을 주고 있다

삶에 필연적인
수중의 생활
물을 차고 떠오르는

비행 훈련을
헤아릴 수 없이 시킨다

　　　　　　— 〈뿔논병아리 사랑〉 전문

　뿔논병아리의 생태를 이렇듯 시로써 메타포하여 이기
호 시인은 우리들 우직한 인간들을 각성시키고 있는 것
은 아닌가 여기게도 된다. 오늘날 많은 시가 너무도 서로
엇비슷하고 유형적인 것을 대할 때, 이기호 시인의 시세
계는 신선하고도 이채롭다. 이제 우리 시단도 남들이 많
이 다룬 제재(題材)나 소재(素材)는 피하고, 이렇듯 새로
운 제재나 소재를 선택하여 한국시단을 새롭고 풍요롭게
가꾸어야 하지 않을까 한다. 유능한 시인의 기준은 무엇
인가. 그것은 남들이 지금까지 미처 바라보지 못하는 사
물을 새롭게 투시(透視)하는 능력을 가진 시인을 가리킨
다.
　자주 발표되고 있는 시를 보면 남이 모두 함께 바라보
고 있는 콘텐츠(내용)를 시라고 써놓고들 있는 게 흔한
일. 남들이 이미 쓴 내용을 써낸들 과연 무슨 시적인 가
치가 있을 것인가. 남이 지금까지 찾아내지 못한 이미지
의 세계를 꿰뚫어내어 그것을 새롭게 메타포(은유)해 낼
때의 그 시의 참신한 새로운 창작성과 존재 가치가 성립
되기 마련이다. 남들이 눈으로 보지 못하는 ‘뿔논병아리
의 자식 사랑 풍정’을 새롭게 끄집어내어 눈부시게 잘 보
여 주고 있어 주목된다. 뿔논병아리의 시는 일종의 정신

적 구도(求道)의 진지한 삶의 천착을 시도하고 있는 빼어
난 시편이다.

　섬세하게 잘 다듬어진 시어의 세련미와 더불어 이기호
시인은 이 작품을 감상하는 독자에게는 정서적인 안정된
공감도를 드높여 준다. 그것은 따져 볼 것도 없이 이 시
는 이렇다 할 테크닉(technic, 기교)을 구사하고 있지 않
은 것 같으면서도, 이 시가 이미 내재시키고 있는 뚜렷한
콘텐츠(내용)가 담겨 있다. 그것은 곧 '기교 아닌 기교'
라고 하는 고도의 표현 수법의 구사이다. 시인의 타고난
재질 또한 여기에 포함된다. 그러기에 시는 발상(發想)의
언어적 미학의 소산이 아닐 수 없다. 더구나 참다운 가치
가 있는 시는 지금까지 다른 시인들이 전혀 다루지 않은
새로운 제재(題材)거나 소재(素材)의 빛나는 이미지의
신선한 시작업을 전개하는 일이다. 그것은 곧 한국 현대
시를 발전시키는 원동력이 될 것이다.

　초초한 자락으로
　젊음이
　철철 넘쳐 나는
　그곳을 가고자
　철조망 세상
　잠시 떠나 본다

　은행나무 가로수 길

저녁노을이 붉게
뉘엿뉘엿거리는
갈바람에
넘너른해 널려 있는
낙엽길 걷고 있다

너더댓으로 보이는
젊은 남녀들
얼굴에 웃음지며
사연들을
쏟아내고 넘나든다

발길 닿는 곳마다
끝없이 펼쳐지는
노란 융단 깔아 놓은
낙엽길 아름답다.

— 〈은행나무 낙엽길〉 전문

잘 다듬어진 우리말의 아름다운 시어화 작업(詩語化
作業)으로 이 작품의 표제시 〈은행나무 낙엽길〉은 빛나
고 있다. "초초한 자락으로/ 젊음이/ 철철 넘쳐 나는/ 그
곳을 가고자/ 철조망 세상/ 잠시 떠나 본다// 은행나무
가로수 길/ 저녁노을이 붉게/ 뉘엿뉘엿거리는/ 갈바람에
/ 넘너른해 널려 있는/ 낙엽길 걷고 있다"(제1~2연)에서

처럼 시는 반드시 새로워야만 한다.

'초초한 자락'을 비롯하여 '철조망 세상', '뉘엿뉘엿 거리는', '넘너른해' 등등 제1~2연에서만 해도 다른 시인들에게서 좀처럼 찾아볼 수 없는 새로운 시어들을 이미지화 시키고 있어 자못 감동적이다. 〈은행나무 낙엽 길〉이라는 시가 새롭다는 것은 지금껏 남들이 발상하지 않은 새로운 것을 시어로서 메타포(은유)하고 창작해낸 일이다. 그러나 오늘날 대부분의 시가 개성이며 독창성에서 벗어나고 있다. 쉽게 말해서 다른 시인에게서 이미 발표된 소재나 제재를 다루고 있다. 그것은 큰 문제점이 아닐 수 없다.

일찍이 영국 시인 T.S 엘리엇(T.S Eliot, 1888~1965)은 시창작의 현장을 '작업장'으로 비유하면서, 동시에 시비평 방법으로서의, '워크샵 크리티시즘'(workshop criticism/ 작업장 비평)을 주창(主唱)했다. 그것은 타성적이며 진부하고 고루한 종래의 낡은 시작(詩作) 행위를 탈피하여 참신한 새로운 시의 경지를 구축하자는 것이었다. 이것은 엘리엇의 신고전주의(新古典主義) 문학론의 전개 과정에서 등장한 방법론이기도 했다.

〈은행나무 낙엽 길〉의 경우 소재(素材)가 흔한 것이라 하여 작품의 내용이 낡은 것은 전혀 아니다. 기존의 제재(題材)를 가지고 과연 얼마나 새롭게 쓰느냐 하는 것에 그 시인의 능력이다. T.S 엘리엇의 명언은 새롭게 쓰는 것에서 그 시인을 평가할 수 있다는 것에 포인트를 맞추

고 있다. 우리에게도 '온고지신(溫故知新)'이라는 훌륭
한 가르침이 있거니와 시인이 다루는 소재가 옛날 것이
라는 데에 결코 문제가 있는 것이 아니다. 옛날 것들을
가지고 얼마나 새로운 것을 창출해 내느냐 하는 데서 그
시인의 뛰어난 표현력이며 역량이 평가되기 마련이다.

　시는 새로워야 한다. 새롭지 않다면 그 시는 무의미하
다. 존재 가치가 없다. 시가 새로울 때 독자는 영합하며,
동시에 그 시인은 생명력을 얻는다. 살아있는 새로운 이
미지들의 활기찬 묘사, 즉 새로운 메타포(은유)는 독자를
기쁘게 하고 설레게 한다. 그와 같은 배경에는 오랜 시간
을 두고 시인이 끊임없이 노력한 피나는 시문학 수업의
발자취가 이어져 마침내 성과를 빛낸다고 하겠다.

　신작로 밑에
　　토둔(土屯)에 있는
　　우물 긷는 소리

　밤나무 밑에서
　　알밤을 줍고
　　아싸라비아
　　기분 좋은 아낙네

　빨래터에
　　느긋하게 앉아

빨랫감
돌 위에 놓고
빡빡 문지른다

산지사방으로
살림때가 묻은
아낙네 옷
빨래 소리
또드락또드락 들린다.

— 〈또드락 소리〉 전문

참으로 흥겹고 신선한 작품이다. 세탁기가 돌아가는 21세기 세상에 농촌에서는 이런 정겨운 옛날 풍경이 지금도 연출되고 있다는가. 아니면 시인의 과거로의 그리움의 시적인 상상의 관찰 여행인가. 여하간에 의성어를 동원하여 시각과 청각의 공감각적인 또한 우리의 민속사의 삶이 살아서 역동하는 새로운 숨결의 시다. 시가 새롭기 위해서는 이기호 시인처럼 이렇듯 지금까지 남들이 흔히 써온 진부한 시어를 과감하게 배격할 일이다.

새로운 시어만이 신선한 이미지 형상화 작업(形象化作業)의 기반이다. 시인이 새로운 시를 쓸 수 없다면 그것은 절망적일 따름이다. 남들이 흔히 써온 시어를 거부하고 나 하나만의 시어를, 나 혼자만의 독창적인 시작업을 하지 않으면 안 된다. 그 작업이 곧 자기 혼자만의 빛나는 메타포의 전개이다. 새로운 시의 탄생이란 새로운 메타포(은유)에 의하여서만 가능하다.

"밤나무 밑에서/ 알밤을 줍고/ 아싸라비아/ 기분 좋은 아낙네"(제2연)에서 '아싸라비아' 라는 속어가 웬지 활기에 넘치는 서민 감각의 새로운 시적 충전이다. "산지사방으로/ 살림때가 묻은/ 아낙네 옷/ 빨래 소리/ 또드락또드락 들린다"(마지막 연)는 근면하고 건강한 아낙의 삶의 활기가 종래의 시작법이나 시언어로서는 도저히 설득시킬 수 없는 새로운 메타포(은유)로서 화자는 독자에게 뿌듯한 충족감을 가슴 가득 안겨 주고 있다. 그것은 시인의 당당하고도 늠름하고 믿음직스러운 자세이다. 나만이 쓸 수 있는 참으로 독창적인 시세계를 온 세상에 당당하게 보여주는 일이다. 그러기에 시인은 누구나 이기호 시인처럼 미래를 창조적으로 투시하는 비스타스(vistas)의 시작법을 과감하게 제시해야 한다.

그런 견지에서 우리는 신선하고 진취적인 이미지의 시세계를 새로운 메타포(은유)로써 부각시켜 희망찬 한국 현대시의 미래상을 눈부시게 펼쳐 나가는 이기호 시인의 뛰어난 시작품들을 새롭게 평가하게 된다. 앞으로 더욱 꾸준한 시작으로 한국시단을 빛내줄 것을 기대하련다.

이기호 제5시집

은행나무 낙엽길

•

지은이 / 이기호
펴낸이 / 김재엽
펴낸곳 / **한누리미디어**
디자인 / 지선숙

•

121-840, 서울시 마포구 서교동 395-13 서원빌딩 2층
전화 / (02)379-4514, 379-4519
Fax / (02)379-4516
E-mail/hannury2003@hanmail.net

•

신고번호 / 제300-2006-61호
등록일 / 1993. 11. 4

•

초판발행일 / 2009년 12월 5일

•

ⓒ 2009 이기호 Printed in KOREA

•

값 7,000원

※잘못된 책은 바꿔드립니다.

ISBN 978-89-7969-356-0   03810